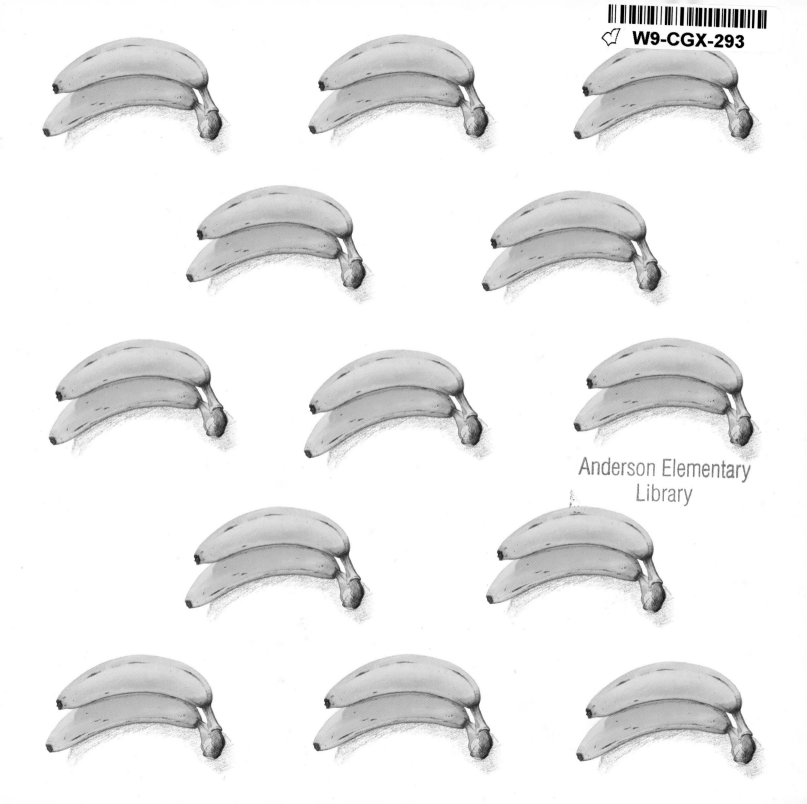

Primera edición en inglés: 1991
Primera edición en español: 1993
Tercera reimpresión: 1999

Coordinador de la colección: Daniel Goldin
Traducción de Carmen Esteva

Título original: *Willy and Hugh*
© 1991, A. E. T. Browne and Partners
Publicado por Julia MacRae Books, Londres
ISBN 1-85681-030-5

D.R. © 1993, Fondo de Cultura Económica, S.A. de C.V.
D.R. © 1995, Fondo de Cultura Económica
Carr. Picacho Ajusco 227; México, 14200, D.F.

ISBN 968-16-4271-6

Impreso en Colombia. Tiraje 7 000 ejemplares

Impreso por Panamericana Formas e Impresos S.A.
Quien sólo actúa como impresor
Impreso en Colombia   -   Printed in Colombia

Anthony Browne

WILLY Y HUGO

LOS ESPECIALES DE
A la orilla del viento

FONDO DE CULTURA ECONÓMICA
COLOMBIA

Willy se sentía solo.

Todos tenían amigos.
Todos menos Willy.

No lo dejaban participar en sus juegos,
todos decían que él era un inútil.

Un día Willy paseaba
por el parque…

pensando en sus cosas…

y Hugo Gorilón
venía corriendo…

chocó con él.

—Lo siento —dijo Hugo.

Willy estaba sorprendido.

—Yo soy quien lo siente —dijo—. No me fijé por dónde iba.

—No, no, fue mi culpa —dijo Hugo—. Yo no vi por dónde iba. Lo siento.

Hugo ayudó a Willy a levantarse.

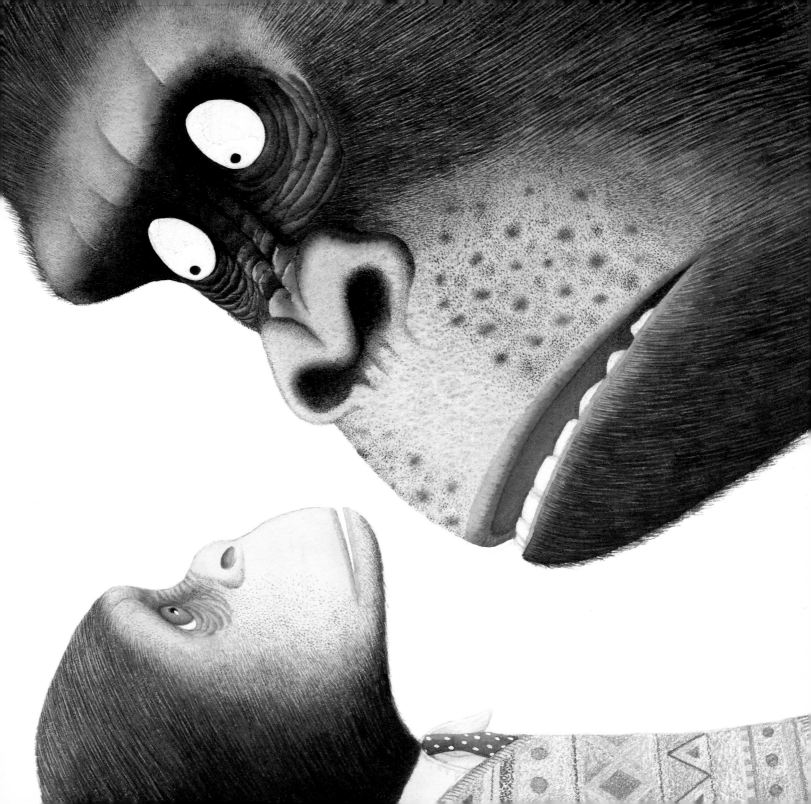

Se sentaron a ver pasar
a los corredores.

—Parece que de veras
se están divirtiendo
—dijo Hugo.

Willy se rió.

Buster el Narizotas apareció.
   —Te he estado buscando a ti, debilucho —dijo haciendo
un gesto.

Hugo se levantó.

—¿Te puedo ayudar en algo?—le preguntó.

Buster se fue, muy de prisa.

Entonces Willy y Hugo decidieron ir al zoológico.

Después fueron a
la biblioteca, y Willy
le leyó un libro a Hugo.

Cuando iban saliendo de la biblioteca, Hugo se detuvo de repente…

Había visto una criatura horripilante…

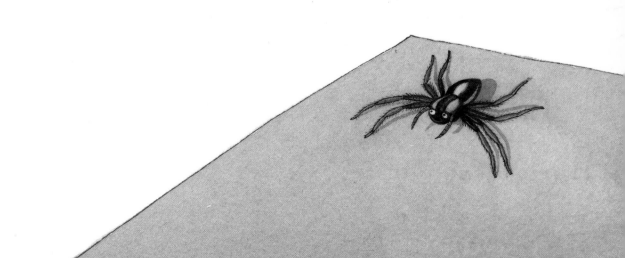

—¿Puedo ayudarte en algo? —preguntó Willy—, y con
cuidado quitó a la araña de donde estaba.

Willy se sintió muy satisfecho con él mismo.
—¿Nos vemos mañana? —preguntó Hugo.
—Sí, me gustaría mucho —dijo Willy.

Y así fue…

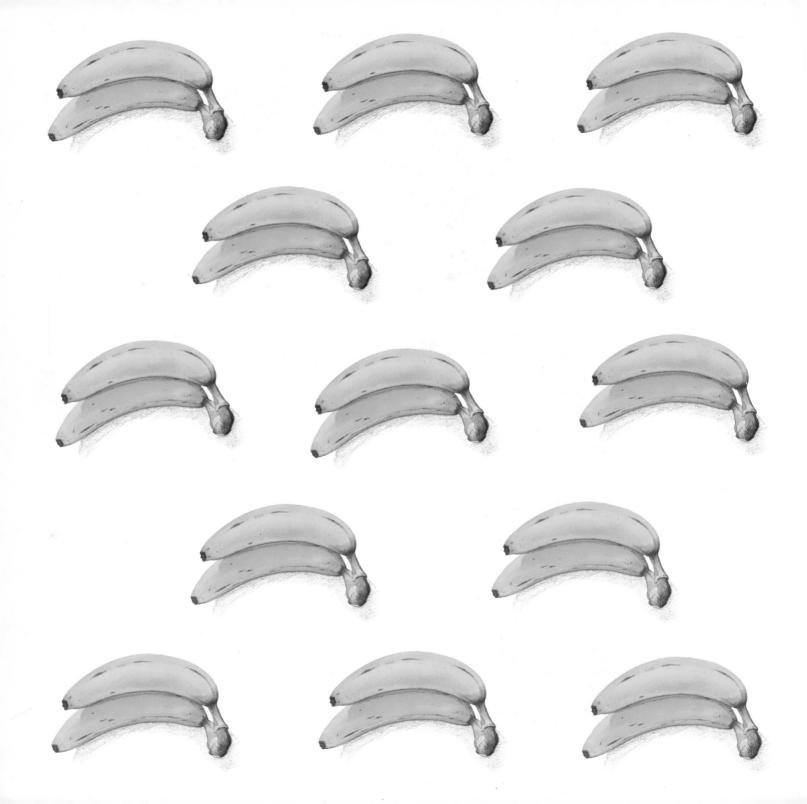